LOUIS AUTIGEON & L. DOUREL-ROYDEL

Les Baigneuses

de Cocotteville

OPÉRETTE A GRAND SPECTACLE

EN UN ACTE

DISTRIBUTION

5 H.   9 F.

PARIS

C. JOUBERT, Editeur. 25, rue d'Hauteville.

Répertoire de la Société Lyrique.

Anciennes Maisons BRANDUS & JOUBERT réunies

C. JOUBERT, Successeur

ÉDITEUR DE MUSIQUE

PARIS. — 25, Rue d'Hauteville, 25. — PARIS

RÉPERTOIRE

DES OUVRAGES DE CONCERT EN UN ACTE

ABRÉVIATIONS : D. Veut dire du répertoire de la Société Dramatique, 8, rue Hippolyte Lebas. — Le surplus appartient au répertoire de la Société Lyrique, 10, rue Chaptal.

LOC. Veut dire : La musique n'est qu'en location et ne se vend pas.

Opérettes et Vaudevilles

AUTEURS	TITRES DES ŒUVRES	Hommes.	Femm	Prix nets
Saint-Maurice	Abricot (L') d	troupe	»	loc.
De Campisiano	Absalen	1	3	6 »
Vallès-Garnier	Affaire Cœurdeveau (L')	5	1	loc.
F. Bernicat	Agence Rabourdiu (L')	1	1	5 »
Japy	A huitaine	troupe	»	loc.
C. Roland	Aiguilleur (L') d	1	1	loc.
Bessière-Ruffier	Ami Vandière (L') d	7	6	loc.
G. Street	Amour en livrée (L')	3	1	5 »
Desormrs	Amour et l'appétit (L')	1	1	4 »
Vallès-Garnier	Amour et sauvetage	3	2	loc.
A. Petit	Amoureux d'Yvonne (Les) d	5	3	loc.
V. Roger	Amour Quinze-Vingt (L')	3	1	4 »
Dottin, Boulay-Layrice	Amours d'un piston (Les)	3	2	loc.
Desormes	Antoine et Cléopâtre d	1	2	4 »
	Aphrodites (Les)			loc.
Dorfeuil-Moreau	Après la vie de Bohême d	troupe	»	loc.
J. Emmecé	A qui le gosse ?	troupe	»	loc.
M. Chautagne	Arracheuse de dents (L')	2	1	4 »
Bonrel, Roydel, Monjardin	Artistes pour rire d	6	4	loc.
Géraldy	Ascension du Mont-Blanc (L')	1	1	4 »
Oudot de Gorsse	Au Chat qui pelote d	troupe	»	loc.
Banès	Au Coq huppé	3	2	6 »
Uzès	Au soleil d'or d	3	2	6 »
Lebreton-Moreau	Au temps des cerises d	5	3	loc.
Guérineau	Auteur par amour	1	2	5 »
Lebreton-Moreau	Autour d'une guérite d	3	2	loc.
Henry Moreau	Avant le bal	1	1	3 »
Lalonge, Carafalo, Combret	Baba Bouzouck d	5	6	loc.
Deransart	Baigneur et nageuse	1	11	3 »
Antigeon	Baigneuses de Cocotteville			loc.
Leserre	Barbe-Bleue	1	»	2 »
Raicée-Tranchant	Bataillon Desroches (Le) d	10	0	loc.
Antigeon-Desplaux	Battage (Le)			loc.
A. Moyne	Béguin d	2	1	loc.
Wachs	Bibi ou l'Enfant de l'Amour	1	1	4 »
Moreau-Touzé	Belle-mère, nouveau jeu	1	3	loc.
Moreau-Gramet	Bougnol et Bougnol	4	2	loc.
Villebichot	Boum ! Servez chaud	3	2	4 »
Hubans	Breland de bègues	2	1	5 »
D. Bernicat	Cadets de Gascogne	troupe	»	loc.
Banès	Ci diguette (La)	1	1	5 »
Javelot	Calino amoureux	2	1	3 »
Cellot	Canne d'un grand homme (La) d	2	2	loc.
Lebreton-Moreau	Ça porte bonheur			loc.
V. Herpin	Capricorne (Le)	troupe	»	loc.
F. Barbier	Carmagnole (La)	3	3	5 »
Lebreton-Moreau	Carnaval conjugal (Le) d	9	9	loc.
Antigeon-Desplaux	Cascadin et Cie			loc
Chaland, Coleng et Trauchant	Ce pauvre Bobinet	2	1	loc.
Vallès-Talber	C'est du coton			loc.
Chelu	Chambre à louer	1	1	2 »
Cuvillier	Chambre à part d	4	2	loc.
Henry Moreau	Chambre de bonne d	troupe	»	loc.
V. Roger	Chanson des Ecus (La)	3	1	4 »
P. Henrion	Chanteuse par amour (La) d	»	1	6 »
E. André	Chaos (Le)	1	1	4 »
Moreau-Boucherat	Chasse royale d	troupe	»	loc.
Lebreton-Moreau	Chasseurs Alpins (Les) d	6	6	loc.
Cieulat	Chaste Suzanne (La) d	troupe	»	4 »
Yvel	Chéri des Dames	troupe		loc.
Dourel-Roydel	Chez la Costumière d	troupe	»	loc.
Meynard	Chez le dentiste	3	1	8 »
Lhuillier	Chez les Corniquets	1	»	1 »
C. Rosenqueet	Chicard et l'ébé	1	1	4 »
Ponnier	Chien et Chat d	4	1	5 »
Boulay-Layrice	Choc en retour d	2	2	loc.
Moreau-Gramet	Cinq contre un	3	3	loc.
Villebichot	Cirque Ponger's (Le)	troupe	»	6 »
Bessière	Clou (Le) d	2	2	loc.
L. Collin	Coco Bel-Œil	3	1	6 »
A. Petit	Cocotte et chiffcanier	1	1	5 »
Villemer / Delormel / Péricaud	Colosses de Rhodes (Le)	3	»	4 »
A. Petit	Confection pour dames	2	4	5 »
Lebreton-Moreau	Conscrits bretons (Les) d	7	5	loc.
L. Collin	Conscrit tyrolien (Le)	1	1	3 »
Lebreton-Moreau	Contrôleur des Wagons-Bars (Le)	5	3	loc.
Lebreton-Moreau	Cote et Cocottes	4	4	3 »
De Roze et d'Arsay	Culotte du marié (scène) (La)	1	»	1 »
Berthelot-Roland	Daniel dans la fosse aux lions	troupe	»	loc.
Lebreton-Moreau	Dans cent ans d	2	11	loc.
Sourilas	Dégrafée d	1	3	5 »
Marc Sonal-Pierre Laurey	Départ du régiment (Le) d	5	10	loc.
L. Lefèvre	Dernier verre (Le)	3	1	4 »
F. Barbier	Deux amours de chandeliers	2	1	5 »
F. Matz	Deux avares (Les) d	2	1	8 »
Ch. Hubans	Deux coqs vivaient en paix	2	1	5 »
F. Gracia	Deux estafiers (Les)	2	»	2 »
M. Chautagne	Deux muses (Les)	3	»	4 »
F. Barbier	Deux parfaits notaires (Les)	2	»	4 »
Hervé-Lecocq	Deux portières pour un cordon d	3	»	4 »
Moreau-Boucherat	Diable au Moulin	5	8	loc.
Gramet-Talber	Doigt coupé (Le)	troupe	»	loc.
Saint-Maurice	Doubles Vierges (Les) d	troupe	»	loc.
Moreau-Gramet	Dragon pour deux	3	2	loc.
Sourilas	Drapeau jaune (Le) d	3	2	4 »
Bouvet-Sevry	Dupont et Dupont	4	3	loc.
Dottin, Boulay-Layrice	Durifflard	5	2	loc.
J. Domerc	Ecole buissonnière (L')	8	»	3 »
Yver-Septmons	Eh ! Ohé ! Ladrupette ! d	2	»	loc.
Trebla-Croisier	Elle ! d	5	1	loc.
Ed. Lhuillier	Elle débute ce soir	1	1	4 »
Delaruelle	El senor Piflardino	1	1	6 »
Mursay	En colonne d	troupe	»	loc.
Lebreton-Moreau	Enfant des balles (L') d	3	2	loc.
Jallais Hubans	Enlèvement des Sabines (L')	troupe	»	loc.
Guillemaud-de Marsan	Enfants d'Edouard (Les) d	2	3	loc.
Lebreton-Duroc	Enragés d	4	4	loc.
Villebichot	Entre deux jardins	4	1	4
Lebreton-Duroc	Entresol d'Eugène d	4	6	loc.
Garnier-Vallès	Erreur de Bridouille (L')	3	2	loc.
Banès	Escargot (L')	2	3	6 »
A. Pajol	Esprits d'Argenteuil (Les)	4	3	loc.
D. Dihau	Eternel roman (L')	1	1	4 »
Garnier-Vallès	Exploits de Malichard (Les)	6	4	loc.

LOUIS AUTIGEON & L. DOUREL-ROYDEL

Les Baigneuses

de Cocotteville

OPÉRETTE A GRAND SPECTACLE

EN UN ACTE

DISTRIBUTION

5 H.   9 F.

PARIS

C. JOUBERT, Editeur. 25. rue d'Hauteville.

Répertoire de la Société Lyrique.

Hommages à Madame VARLET

Directrice de la GAITÉ ROCHECHOUART et de L'EUROPÉEN

L. A. et D. R.

A notre ami, M. Robert LAURENT.

LES

BAIGNEUSES DE COCOTTEVILLE

Opérette à grand spectacle en Un acte

PERSONNAGES

BEAUVALLON		MM. Duprat.
ANDRÉ DE VESTONCOURT		Darbon.
PINCHOT, Commissaire		Augé.
LE LÉZARD	} Cambrioleurs {	Staing.
LA MOUCHE		Martin.
1er ANGLAIS		Loubot.
2e ANGLAIS		Pety.
ZOZO		Mmes A. Villard.
Mme BEAUVALLON		Dorval.
HUGUETTE		Leturc.
MARCELLE		Lafaille.
RENÉE		Dévaland.
LIANE	} Baigneuses	St-Clair.
ALICE		Lussac.
ANDHRÉE		Rolla.
CLÉO		Folly.

A Cocotteville-sur-Mer, de nos jours.

Sur la plage. — Trois cabines, avec portes s'ouvrant face au public. Au fond, toile représentant la mer et l'horizon.

SCÈNE PREMIÈRE

Les baigneuses, *puis* **les Anglais.**

(Au lever du rideau, les baigneuses entrent des deux côtés).

CHŒUR DES BAIGNEUSES

Air : *Polka des English.*

I

Nous sommes les baigneuses,
Excellentes nageuses,
Nous nous levons matin,
Pour prendre notre bain.
Nous sommes toujours joyeuses
Et parfois, très heureuses,
Car tous les vieux marcheurs
Sont souvent amateurs.

Refrain.

Tra la, la, la.
Oui, des vieux marcheurs,
Nous faisons le bonheur.
Tra, la, la, la, la.

II

Nous somm's toutes chauffeuses,
Baigneuses, allumeuses,
Ici, comme à Paris,
Nous n' gâtons pas les prix.
Faisant tourner les têtes,
Nous faisons des conquêtes.
C'est surtout les Anglais
Qui ont le plus d' succès !
(Geste avec la main de faire casquer).

Refrain.

Tra, la, la, la, la,
Oui, des vieux marcheurs,
Nous faisons le bonheur,
Tra, la, la, la, la.

Nota. — Les rôles d'Anglais peuvent être supprimés, si la troupe n'est pas assez nombreuse. Après le chœur d'entrée, les baigneuses se sauvent en criant : « Oh ! du monde ! »

1er **Anglais**, *entrant de droite.*

O les jolies petites femmes !

2e **Anglais**

All right !

1er **Anglais**

Yes ! Yes ! verry good !

Les Anglais, *s'avançant.*

Good bay, miss !

Les Baigneuses, *avec un mouvement.*

Oh ! des singes ! trottons-nous !...
(*Elles courent, se dirigeant vers la plage, à droite et à gauche.*)

1er **Anglais**

Beaucoup pudibondes !

2e **Anglais**

Très jolies petites fêfemmes, moi gober elles !

1er **Anglais**

Suivons-les !... Avec nos lorgnettes, nous les explorerons !...

Les Anglais, *ensemble.*

Yes ! yes ! All right ! all right ! (*Ils sortent à droite.*)

SCÈNE II

André, Huguette.

André, *entre de droite, donnant son bras à Huguette.*

Par ici, ma petite Huguette adorée !... Ah !... qu'il fait bon, le matin, se promener sur la plage.

Huguette, *quittant son bras.*

Alors, c'est décidé, mon petit mari, nous prenons aujourd'hui notre premier bain de mer ?

André

Mais, tout de suite... voici précisément des cabines. Si nous sommes venus passer l'été à Cocotteville-sur-Mer, ce n'est pas dans le but unique d'aller à la pêche aux oursins !

Huguette

Je n'ose pas... toute seule ; l'eau est peut-être froide... et j'aurais peur des vagues, tu te baigneras avec moi, dis ?

André

Puisque ça te fait plaisir, je n'ai rien à te refuser.

Huguette

Je l'espère bien. Nous ne sommes mariés que depuis un mois.

André

C'est vrai, un mois ! Il me semble qu'il y a à peine 48 heures, tellement le temps a passé vite.

Huguette

Papa et maman ont voulu nous accompagner à Cocotteville. Maman surtout... et, d'ailleurs, papa ne demandait pas mieux.

André

Oui, nous avons eu beau insister pour qu'ils ne viennent pas, ils sont venus quand même ! Pour cet été, je n'ai pas osé leur refuser... mais l'été prochain, s'ils émettent la même prétention...

Huguette

Nous partirons, pendant la nuit, de Paris, sans rien dire, en leur laissant un mot pour les rassurer, dans lequel nous oublierons de mettre l'adresse de notre destination.

André, *l'embrassant.*

Cette petite femme est un trésor !... Enfin, ce matin, nous avons pu leur échapper ; profitons-en pour prendre notre bain. (*Ils remontent tous les deux*) Quelle cabine choisissons-nous ?

Huguette

Le numéro 1.

André, *après avoir ouvert la porte.*

Cette cabine est libre, emparons-nous en ; faisons comme les Anglais qui s'installent partout ! (*Cris sur la plage*) Entre, Huguette, et déshabille-toi !...

Huguette, *qui est entrée.*

Mais il n'y a pas de costume ni de linge dans la cabine...

André

Je vais aller prévenir la baigneuse.

Huguette

C'est ça, dépêche-toi !

André

Enferme-toi, je reviens aussitôt ! (*Appelant,* Hé, la baigneuse, la baigneuse !... (*Il sort à gauche, 2e plan*).

SCÈNE III

M. *et* Mme Beauvallon.

Mme BEAUVALLON

Les jeunes mariés doivent, sans doute, s'être dirigés du côté de la plage...

BEAUVALLON

C'est possible, ma chère amie... mais je trouve que nous avons tort d'être continuellement sur leurs talons.

Mme BEAUVALLON

Taisez-vous, Ernest, vous ne savez dire que des bêtises ! Une mère a toujours le droit de savoir ce que fait sa fille.

BEAUVALLON

Oui, avant son mariage... mais, à présent, il serait quelquefois indiscret... de pousser par trop loin la curiosité.

Mme BEAUVALLON

Vos plaisanteries sont d'un goût douteux, monsieur Beauvallon. Heureusement pour moi, je ne fais aucun cas de toutes vos inepties.

BEAUVALLON

Ce n'est pas ce qui m'empêche de dormir, chère amie !

Mme BEAUVALLON

J'en sais quelque chose. Vous n'êtes plus bon qu'à ronfler.

BEAUVALLON, *au public.*

C'est le contact, près d'une bassinoire...

Mme BEAUVALLON

J'ai un grand mérite, avec vous, de rester une honnête femme ; mais si jamais j'apprenais que vous portez ailleurs vos économies conjugales...

BEAUVALLON

Que ferais-tu ?

Mme BEAUVALLON

Je jetterais les miennes aux quatre vents !

BEAUVALLON, *riant, au public.*

Peuh !... Ce jour-là, le soleil se lèvera à l'occident.

Mme BEAUVALLON

J'avais espéré que l'air de l'Océan, à Cocotteville, vous rendrait tous vos éclats de jeunesse... hélas ! je ne m'en suis pas encore aperçue !

BEAUVALLON, *gaiement.*

Eh ! madame Beauvallon, on ne sait pas ce qui peut arriver d'ici... la fin de la saison !

Mme BEAUVALLON

En attendant, Ernest, prenons un bain...

BEAUVALLON

Avec plaisir, Fanny !

Mme BEAUVALLON

André et Huguette doivent être à la mer...

BEAUVALLON, *ouvrant la porte du numéro 2.*

Le numéro 2 est libre, prenons-le !

Mme BEAUVALLON

Ce qui m'ennuie, c'est d'être exposée aux yeux indiscrets des vieux messieurs qui se promènent sur la plage.

BEAUVALLON, *se tordant.*

Les baigneurs de Cocotteville ne sont pas des anthropophages, ils ne te dévoreront que du regard.

Mme BEAUVALLON

Tu me rassures, Ernest ; d'ailleurs, tu me serviras de paravent ! (*Elle entre dans la cabine.*)

BEAUVALLON

C'est ça ! Mais je ne parviendrai jamais à l'abriter toute entière ! (*Il entre*)

Mme BEAUVALLON

On vient de ce côté, ferme vite la porte. (*Ils ferment leur porte*).

SCÈNE IV

Zozo *puis* André.

Zozo, arrive de droite.

Il fait un soleil de feu, sur cette plage. (*Elle ferme son ombrelle*) J'arrive de Paris, dans l'espoir de retrouver mon petit André de Vestoncourt, que je n'ai pas vu depuis deux ans, époque de mon mariage avec monsieur Pinchot, secrétaire de commissariat de police. De Vestoncourt ignore que j'ai fait une fin et il sera très surpris, tout à l'heure, quand il va me revoir. J'ai appris, par un de ses amis, qu'il était en villégiature à Cocotteville ! Je n'ai pas son adresse... mais, peu importe, sur la plage on trouve tout le monde ! (*Riant*) Quant à mon mari... je lui ai dit que le docteur m'avait ordonné les eaux de Vichy !...

Andᴘᴇ́, *à la baigneuse.*

C'est pour la cabine numéro 1. *(Au public)* Ouf ! je vais pouvoir prendre mon bain !

(La baigneuse frappe à la porte du numéro 1, donne les effets et s'en va. Pendant cette scène, les artistes parlent en scène).

Zozo, *au public.*

Mais, c'est lui, c'est lui, mon petit Veston-court ! *(S'élançant vers lui)* Enfin, André, je te retrouve ! *(Elle lui saute au cou).*

Andʀᴇ́, *au public.*

Zozo !... quelle douche !... *(Haut)* Comment, toi ! par quel heureux hasard te rencontre-t-on sur la plage de Cocotteville-sur-Mer ?

Zozo

Je suis arrivée de Paris par l'express !

Andʀᴇ́

Tu es arrivée de Paris par l'express ?... *(A part)* Moi, je voudrais bien filer par le rapide ! *(Il remonte).*

Zozo, *le retenant.*

Où vas-tu ?

Andʀᴇ́

Prendre l'air ! Allons plus loin, sur la plage, on y respire plus à son aise. *(Au public)* Je vous crois, si ma femme nous surprenait ! *(Haut, la prenant par la main)* Viens prendre un bock sur la terrasse du Casino, tu dois avoir soif ! *(Au public)* Je paye le garçon et je la plaque, elle et son bock !

Zozo

Non, merci, je n'ai pas soif !

Andʀᴇ́

Je t'assure, nous serions mieux sur la terrasse du Casino... une vue splendide ! Ici, il fait trop chaud !..

Zozo

Mais, ce matin, le vent de la mer est très frais !..

Andʀᴇ́, *à part.*

Dieu ! que j'ai chaud ! *(Il s'éponge).*

Zozo

Qu'as-tu donc ? Tu es très agité ?

Andʀᴇ́

Ne fais pas attention, c'est le changement de température... l'air de la mer, ce n'est pas comme l'air de Paris... *(Au public)* C'est moi, qui voudrais bien me donner de l'air !

Zozo, *qui ne marche pas.*

Oui ! oui ! oui.. ! On dirait que ça ne te fait pas plaisir de revoir ta petite Zozo adorée ?...

Andʀᴇ́

Au contraire ! au contraire !... c'est la surprise, le bonheur, l'émotion des grandes joies !

Zozo, *au public.*

Oh ! ce n'est pas naturel, je saurai bien !... *(Haut, joyeuse)* Ça te fait tant de plaisir que ça ?

Andʀᴇ́

O Zozo ! Zozo !... peux-tu en douter ?...

Zozo

Vrai, alors tu es content de me retrouver dans tes bras, de me presser sur ton cœur, dis ? *(Elle s'abandonne dans ses bras).*

Andʀᴇ́, *avec un effort. Sa voix se couvre.*

Enchanté, enthousiasmé, ravi !..

Zozo

Oh ! que je suis heureuse !... C'est beau le véritable amour !

Andʀᴇ́

Veux-tu, allons à l'hôtel.. Sur la plage, il fait trop de soleil ; hier, un Anglais a attrapé une insolation !

Zozo

Pas de danger, moi, j'ai une ombrelle !

Andʀᴇ́, *au public.*

Encore raté, pas de chance ! C'est une écrevisse, cette femme-là : quand elle vous tient, elle ne vous lâche plus !

Zozo, *à André.*

Ton air drôle, embarrassé, aurais-je une rivale ?...

Andʀᴇ́

Jalouse ! Tu es jalouse !..

Zozo

COUPLETS

Aɪʀ : *Froufrou.*

I

La femme aime passionnément,
Qu'elle soit française, andalouse ;
Quand elle adore son amant
N'est-elle pas toujours jalouse ?
Je suis contente, en ce moment,
Certes, je vois la vie en rose.
L'amour est une douce chose
Pour la maîtresse et pour l'amant.

Refrain

Mon cher, mon cher,
Il faut croire à la femme,
Son air, son air,
Grise le cœur et l'âme ;
L'éclair, l'éclair
De son regard enflamme ;
Son sans façon,
Séduit un beau garçon !

II

Aussi, j'espère m'amuser.
Car, avec toi, je suis en fête
Et ça devrait te rappeler
Le jour où tu fis ma conquête.
Te revoir était mon désir.
O mon trésor, je suis heureuse,
Etant de toi, très amoureuse
Allons, vite, fais mon plaisir.

(Refrain)

III

Voyons, sois donc gentil garçon,
Ne suis-je donc plus attrayante,
Et le frou-frou de mon jupon,
Ne me rend-il pas captivante ?
André, je viens te retrouver,
Car, vois-tu, toujours, oui, je t'aime,
D'un amour, d'un amour extrême...
Allons, méchant, viens m'embrasser.

(André l'embrasse).

Refrain

Mon cher, mon cher, etc...

ANDRÉ, *à Zozo.*

C'est très gentil, très gentil de penser à moi ! *(Au public)* Je ne me croyais pas capable de soulever une telle passion !

ZOZO

Puisque nous sommes à côté des cabines, profitons-en pour prendre un bain, veux-tu ?

ANDRÉ

C'est une idée !

ZOZO

J'aime tant à faire la planche !

ANDRÉ, *au public.*

En mer, je la noye !

ZOZO

Tu n'as pas retenu une cabine pour la saison ?

ANDRÉ

Non, pas encore... mais je crois que le numéro 2 est libre.

BEAUVALLON, *dans la cabine.*

Il y a du monde !...

ANDRÉ

Voyons le numéro 3 ! *(Il ouvre la porte du 3.)* En effet, entre vite, entre donc vite ! *(Il l'y pousse vivement.)*

ZOZO

Oh ! la mer, les vagues, j'adore ça !

HUGUETTE, *de sa cabine numéro 1.*

André ! André ! André !

ANDRÉ, *à lui-même.*

Oh ! la voix d'Huguette ! Perdu ! *(Il ferme la cabine numéro 3, vivement).*

ZOZO, *en dedans.*

Que fais-tu ? Tu n'entres pas, pourquoi donc ? Tu m'enfermes ?

ANDRÉ

Non, oui, si !.. Je reviens aussitôt, sois tranquille, une toute petite seconde.

ZOZO, *en dedans.*

Alors, je me déshabille et je mets mon costume de bain.

ANDRÉ

C'est ça, c'est ça !... Je vais régler la cabine à la baigneuse et je reviens. *(Au public).* compte là-dessus ! Quelle aventure ! quelle aventure !... allons vite retrouver Huguette. *(Ouvrant la porte numéro 1).* Me voilà, ma chérie...

HUGUETTE

Comme tu as été longtemps !...

ANDRÉ, *entrant dans la cabine.*

La baigneuse n'avait pas de monnaie, alors..

HUGUETTE

Ferme vite la porte ; si on me voyait ?

ANDRÉ, *riant.*

Eh bien, on constaterait que tu n'es pas plus mal ainsi.

HUGUETTE, *pudique.*

Oh ! André ! *(Il ferme la porte en riant).*

SCÈNE V

M. *et* Mme Beauvallon.

BEAUVALLON, *sortant le premier, il est en costume de bain.*

O Fanny ! dans ce costume, tu me rends rêveur !...

Mme BEAUVALLON, *sortant de la cabine.*

O Ernest ! Comment me trouves-tu ?

BEAUVALLON

Tout à fait bien ! (*Au public*). Elle est très appétissante pour les poissons ! S'il y avait des requins, quelle noce, mes amis !

Mme BEAUVALLON

Oh ! du monde !... je vais à la mer. (*Elle sort en courant*).

BEAUVALLON

C'est ça, va te noyer !... (*Seul*). J'espère bien que, pendant mon séjour à Cocotteville, il m'arrivera une aventure ou deux. Ce matin, j'ai aperçu les petites baigneuses ; il y en a de si gentilles... et, si elles voulaient, je crois qu'avec elles et l'air de la mer... Je me sentirais rajeuni de vingt ans !

SCÈNE VI

Beauvallon, Zozo.

Zozo, dans la cabine.

C'est toi, dis ? Ouvre-moi, je suis prête !

BEAUVALLON, *surpris.*

Une voix de femme !

Zozo, câline.

Allons, méchant, dépêche-toi donc, ta petite Zozo t'attend ?

BEAUVALLON, *au public.*

Comment ! Une femme m'attend au numéro 3 ! Mon rêve se réaliserait-il tout de suite ? O amour, bonheur, ivresse !.. Tant pis, ma femme est au bain... profitons de ma liberté. Dans ce costume, je suis assuré du succès !

ZOZO

Eh bien, mon petit chien ?...

BEAUVALLON, *haut.*

Me voilà, ma belle inconnue, me voilà ! (*A part*) Je la délivre, elle me devra bien une compensation ! (*Il ouvre la porte du numéro 3*).

Zozo, sort, toilette de bain, riant.

Je croyais que tu voulais me poser un lapin !

BEAUVALLON

Moi, un homme du monde, un lapin !

Zozo, étonnée, à part.

Hein ! un baigneur !... Où est donc André ! (*Haut*) C'est vous, monsieur, qui m'avez ouvert ?

BEAUVALLON

Oui, madame, j'ai eu cet honneur. (*S'approchant d'elle*) Vous êtes, ravissante, adorable !..

Zozo, au public.

En voilà un vieux chimpanzé !

BEAUVALLON

Permettez-moi de me présenter : Monsieur Beauvallon, négociant en peaux de lapins, mais pas poseur de ces jolies petites bêtes ! Une présentation dans ce costume sommaire n'est peut-être pas très correcte, mais à la mer comme à la mer ! Adam et Eve n'avait pas de redingote, ni de chapeau haut de forme ! L'amour n'est-il pas tout nu ?

Zozo, au public.

Il en a une santé !...

BEAUVALLON

Oui, avec vous, je marcherai tant que vous voudrez !... Nous irons à cheval, en automobile, en bateau...

Zozo, à part.

En bateau, je te crois ! Ce que je vais le faire naviguer, ce crocodile-là ! (*Haut.*) Je ne demande pas mieux, mais, avant, je vais prendre mon bain, (*A part.*) et retrouver André ! (*Elle rit.*)

BEAUVALLON

Vous êtes si jolie, ô déesse des flots ! Accordez-moi un baiser, un seul et je me croirai en paradis !

Zozo, au public.

Plus souvent, il s'allume, il s'allume ! Je me trotte... (*Haut.*) Une douche, prenez une douche !... (*Elle s'éloigne en courant du côté de la mer.*)

BEAUVALLON, *ahuri.*

Elle s'éclipse !... mais je cours, je suis allumé, je flambe !... je vais faire bouillir l'Océan ! O Vénus ! Vénus ! Vénus ! (*Il s'élance à la mer.*)

SCÈNE VII

André, Huguette.

HUGUETTE, *ouvre la porte du n° 1, costumée en satin rose.*

Je rougis dans ce costume !

ANDRÉ

Le rose te va si bien !

Huguette

Oh ! je frissonne...

André, *la prend par la main et l'entraîne, 3ᵉ plan, gauche.*

Allons nous plonger dans l'onde ! Je te ferai des petites vagues.

Huguette

Je te le défends !

André

Je suis ton mari et j'ai toutes les permissions !*(Ils sortent en courant,)*

SCÈNE VIII

Le Lézard, La Mouche.

Le Lézard, *arrive à pas de loup, côté droit ; il examine vivement les trois cabines et revient appeler la Mouche.*

Ohé ! ohé ! La Mouche ! Viens de ce côté ! il n'y a personne. Tous les baigneurs sont à la mer !

La Mouche, *entrant.*

Chouette, alors ! on va pouvoir travailler à son aise et remplir ses profondes !

Le Lézard

J'te crois... c'est du monde chic, ici.

La Mouche

Le malheur, c'est que la saison soit si courte !

Le Lézard

Puis on a rien de la veine, le commissaire de police de Cocotteville s'est trotté avec la môme Langouste, des Folies-Bergères.

La Mouche

Ce qui fait, mon vieux Lézard, qu'aujourd'hui, on va pouvoir travailler en toute sécurité !

ENSEMBLE

Air : *Les Cambrioleurs.*

Nous n' somm's pas des voleurs,
Ce serait bien trop bête, bête,
Nous sommes cambrioleurs,
Ça c'est bien plus chouette, chouette.
   C'est nous qui visitons
   Pantalons et vestons
   Du bon pigeon
   Qu'a du pognon.
Ah ! c'est bien de l'honneur,
Oui, pour tous les baigneurs,
D'avoir pour inspecteurs,
Ces bons cambrioleurs !

Le Lézard

Et maintenant, au travail, chacun sa cabine !

La Mouche, *regardant côté gauche.*

La baigneuse est occupée... bath ! turbinons !
(Ils entrent chacun dans une cabine et emportent tous les effets qu'ils jettent sur leurs bras. Pendant toute cette scène, la musique joue en sourdine, l'air des Cambrioleurs).

Le Lézard

Mince ! en v'là des nippes !

La Mouche

Oh ! épatant, épatant, il n'y a qu'à se baisser pour en ramasser !

Le Lézard

Pour sûr !

La Mouche

Avec ça ! on va se nipper, je ne te dis que ça ! Y a de chics grimpants ! (*Voyant arriver Pinchot*) Zut ! un bourgeois.. prenons de l'air.

Le Lézard

Trottons-nous avec ! automobile de nos ripatons. (*Ils sortent à gauche en répétant le chant*) Nous n' somm's pas des voleurs.

SCÈNE IX

Pinchot, *seul, venant de droite*

Beaucoup de baigneurs ce matin !... Très jolie la plage de Cocotteville où je viens d'être nommé commissaire de police, en remplacement de Pigeonvif, un pigeon qui s'est fait plumer par toutes les cocottes !... J'ai quitté Paris à la hâte et je n'ai pas encore eu le temps d'envoyer un petit bleu à ma femme qui prend les eaux à Vichy. C'est elle qui sera contente quand elle apprendra l'heureuse nouvelle ! En prenant possession de mon nouveau poste, mon premier soin a été celui de venir visiter les cabines. On a reçu, au commissariat, de nombreuses plaintes des baigneurs qui sont dévalisés, quand ils sont à la mer, par des cambrioleurs. Dès aujourd'hui, je vais exercer une surveillance active. Il paraît, aussi, qu'il se passe, dans ces cabines, souvent des actes, que réprouvent les bonnes mœurs en général, et les maris cocus en particulier. J'ai la spécialité des flagrants délits et j'espère bien, dès aujourd'hui, dresser quelques procès-verbaux ! (*Il se frotte les mains*) Mais, continuons notre promenade !... Et prenons des notes (*Il prend un carnet et écrit*).

SCÈNE X

Zozo, *revenant de la mer, côté droit, au public.*

PINCHOT

Je viens d'apercevoir de Vestoncourt, en caleçon, sur la plage, avec une femme ! O le mufle ! Il me trompe, je vais m'habiller et je me vengerai ! *(Elle va pour entrer au numéro 3, elle aperçoit Pinchot.)* Oh ! mon mari ! *(Elle s'enferme dans la cabine).*

PINCHOT

Voyons un peu de ce côté ! *(Il sort à gauche).*

SCÈNE XI

André, Huguette, *puis* **Mme Beauvallon.**

ANDRÉ, *chantant.*

Ah ! que la mer est douce...

HUGUETTE

Oui, mais, les vagues... ça chatouille !...

ANDRÉ

Ma femme est chatouilleuse !... *(Riant)* Ah ! ah ! ah ! c'est bon à savoir.

HUGUETTE

Vite, habillons-nous.

ANDRÉ

J'espère bien que nous n'allons pas rester plus longtemps dans ce costume-là ! *(A part).* Heureusement, Zozo a perdu ma trace. *(Ils s'enferment au numéro 1).*

Mme BEAUVALLON, *revenant, au public.*

Oh ! ces Anglais sont d'une effronterie ! ils se sont permis de lorgner mes formes. *(Avec contentement).* Ils ont dû les trouver gracieuses mes formes ! *(Ouvrant la porte du numéro 2).* Allons nous habiller. *(Au public)* Quant à monsieur Beauvallon, il faut que je le surveille ; dans l'eau, il regardait avec des yeux de homard, une femme qui, en me voyant, est devenue aussi rouge qu'une langouste ! Vieux caïman, va ! *(Elle entre au numéro 2).*

SCÈNE XII

Beauvallon, Zozo.

BEAUVALLON, *accourant, au public.*

La Vénus de mon cœur a disparu des flots !..

Zozo, ouvrant la porte du numéro 3.

Je n'entends plus de bruit, mon mari est peut-être parti. Voyons ? *(Elle regarde par la porte entr'ouverte).*

BEAUVALLON, *la voyant.*

Elle ! c'est elle ! Vénus !

Zozo, contrariée, à part.

Ah ! flûte, toujours ce vieux raseur !

BEAUVALLON

Enfin, je vous revois... cruelle ! Laissez-moi vous admirer dans ce costume ! *(A part).* Je me rince l'œil !

Zozo, au public.

J'y pense ! Est-ce que cé ne serait pas lui qui m'aurait pris mes vêtements ? *(Haut).* Dites-moi, le marchand de peaux de lapins, vous n'auriez pas vu mon chapeau, mes bottines et mon costume ?

BEAUVALLON, *ahuri.*

Comment ! vos vêtements ne sont plus dans votre cabine ?

ZOZO

On me les a pris, volés !... Comment vais-je faire ? je ne puis pas, cependant, aller jusqu'à l'hôtel ainsi !

BEAUVALLON

J'ai lu, ce matin, dans l' « *Echo de Cocotteville* » que l'on dévalisait fréquemment les cabines.

ZOZO

Plus de doute, les cambrioleurs sont passés par ici !

BEAUVALLON

Ils vous ont cambriolée ! oh ! les polissons !.. Je vais passer mon pantalon, et nous allons aller porter plainte au commissariat de police.

ZOZO

Non, non, je ne veux pas.

BEAUVALLON

Pourquoi cela ?

ZOZO

Parce que je ne veux pas !

BEAUVALLON

Voyons, ils ne vous ont pas laissé la moindre chemise ?

ZOZO

Hélas ! non, ils m'ont tout pris !

BEAUVALLON

Tout, vous exagérez !... vous me restez et mon bonheur est immense. En cherchant bien, peut-être trouverait-on quelques effets dans la cabine. Des effets de sauvetage ! Permettez-vous que j'inspecte ?

Zozo, s'effaçant.

Oh ! allez, si vous trouvez quelque chose, vous aurez une récompense.

BEAUVALLON

Oh ! alors, je vais faire tous mes efforts pour avoir la récompense promise ! *(Il entre au numéro 3.)*

Zozo, en dehors, près de la cabine, à part.

Si mon mari me pince, je suis perdue ! *(Haut.)* Vous ne trouvez rien ?

BEAUVALLON

Si !

ZOZO

Quoi donc ?

BEAUVALLON

Que ça sent bon ! Votre corps parfumé a laissé, ici, trace de son passage.

ZOZO

Est-il bête ! *(Apercevant Pinchot qui revient.)* Oh ! mon mari, vite, partez, fuyez !

Mᵐᵉ BEAUVALLON, *ouvrant la porte de sa cabine.*

On m'a cambriolée !...

BEAUVALLON, *qui est pour sortir.*

Oh ! ma femme !... pincés ! Vite, fermez la cabine ! *(Il entre dans la cabine numéro 3 et ferme la porte).*

SCÈNE XIII

Mᵐᵉ Beauvallon, Pinchot.

Mᵐᵉ BEAUVALLON

Ah ! Mon mari !... mon mari qui s'enferme avec une baigneuse !... *(Elle va frapper violemment au numéro 3)* Ernest ! Ernest ! Ernest ! je t'en supplie... je t'en supplie !... Oh ! le lâche ! le lâche ! le lâche !...

PINCHOT, *arrivant de gauche.*

Que signifie tout ce tapage ?

Mᵐᵉ BEAUVALLON

Un commissaire ! Où est le commissaire de police ?

PINCHOT

Le commissaire de police, c'est moi !

Mᵐᵉ BEAUVALLON

Mon mari est enfermé dans cette cabine avec une femme ! Je vous prie de constater le flagrant délit.

PINCHOT

Etes-vous bien certaine que ce soit votre mari ?... On se trompe si souvent ! On ne doit pas déranger un commissaire de police inutilement !

Mᵐᵉ BEAUVALLON

Mais je vous certifie, monsieur, que c'est mon mari !... Croyez-vous que si je voulais lui rendre la pareille .. ça me serait difficile ? Plus de vingt crocodiles m'ont fait de l'œil sur la plage !

PINCHOT

Mais, madame, je ne vous demande pas ça ?

Mᵐᵉ BEAUVALLON

Ne perdons pas une minute, sinon il ne sera plus temps, monsieur le Commissaire, de constater le flagrant délit !

PINCHOT, *ennuyé.*

Mais, il faut deux témoins et je ne sais où les prendre *(Le Lézard et La Mouche traversent la scène en costumes de baigneurs.)*

Mᵐᵉ BEAUVALLON

Justement, voici deux baigneurs !

SCÈNE XIV

Pinchot, Le Lézard *et* **La Mouche** *en baigneurs,* LES MÊMES, *enfermés dans les cabines.*

PINCHOT, *aux baigneurs, mettant son écharpe.*

Messieurs, je vous requiers, au nom de la loi, pour assister à un constat d'adultère !

LE LÉZARD

Ah ! bien, on va se gondoler !

LA MOUCHE

Pour sûr alors ! *(A partir de ce moment les cambrioleurs ont un rire grotesque.)*

ANDRÉ, *passant la tête au numéro 1.*

Nous ne retrouvons plus nos vêtements, tout a disparu... Ohé ! la baigneuse ! *(Voyant du monde)* Oh ! du monde ! *(Il referme).*

BEAUVALLON, *au numéro 3, ouvrant la porte.*

Un commissaire de police, nous sommes perdus... *(Il referme).*

PINCHOT

Oh ! il y a des courants d'air ici, n'est-ce pas, messieurs ?

LE LÉZARD, *grelottant.*

Ah ! oui, moi, j'ai froid, je grelotte...

PINCHOT

Quoique commissaire, je suis humain.
Tenez, voici ma redingote .. *(Il quitte sa redingote et la passe au Lézard).*

LE LÉZARD

Oh ! merci, j'allais avoir une pleurésie.

LA MOUCHE

Moi, j'ai la tête sensible !... Je vais attraper
une insolation.

PINCHOT

Dévouons-nous ! Tenez, voici mon chapeau. *(Il lui passe le chapeau que La Mouche
s'empresse de mettre.)* Et à présent, instrumen-
tons. Commençons par la cabine numéro 1.
Au nom de la loi, ouvrez ! *(Il frappe).*

ANDRÉ, *en dedans.*

Qui est-là ?

PINCHOT

Le commissaire de police.

ANDRÉ, *ouvrant, au public.*

Le commissaire ! Il vient nous rendre nos
vêtements. *(Haut)* Messieurs, vous avez re-
trouvé les cambrioleurs et vous nous rappor-
tez nos habits ?

PINCHOT, *en colère.*

Il s'agit bien d'habits. Vous êtes avec une
femme dans cette cabine. Je viens constater
le flagrant délit.

ANDRÉ, *se tordant.*

Ah ! ah ! ah ! elle est bonne, celle-là !

PINCHOT, *à Huguette.*

Sortez, madame !

HUGUETTE, *sortant.*

Mais, Monsieur, je suis dans une tenue...

PINCHOT

Oui, oui, je sais... je m'en doutais bien un
peu.

ANDRÉ

Madame est ma femme légitime, Huguette
Beauvallon, depuis un mois, madame de
Vestoncourt.

Mᵐᵉ BEAUVALLON

C'est vrai, M. le Commissaire !
(Rires grotesques des cambrioleurs.)

PINCHOT

Court ou long, ça m'est indifférent ; mais
je vous engage à vous vêtir. Votre costume
n'est pas correct.

ANDRÉ

Je ne puis pas changer de nom, cependant,
pour vous être agréable...

PINCHOT

Mais votre costume !... vous pourriez tout
au moins vous vêtir devant la justice de votre
pays.

ANDRÉ, *l'air bête.*

Non, pas davantage... on nous a dérobé
tous nos effets, pendant que, Huguette et
moi, nous jouions aux petites vagues avec
les mains.

PINCHOT

Ainsi, vous vous dites victimes de cambrioleurs ? *(Rires des cambrioleurs.)*

HUGUETTE

Oui, Monsieur le commissaire... nous avons
été tout à fait cambriolés !

PINCHOT, *à André.*

C'est bien, je ne veux pas vous voir une
minute de plus dans une pareille tenue. *(Il
quitte son pantalon)* Mettez ce pantalon, vous
serez plus convenable.

ANDRÉ, *passant le pantalon.*

Je veux bien, je commence à être gelé !

PINCHOT

Nous allons inspecter toutes les cabines !
(Il frappe au numéro 2) Ouvrez, au nom de la
loi ! *(Silence, il ouvre)* Personne !... Passons
au numéro 3. *(Il frappe)* Ouvrez, au nom de
la loi !

ZOZO, *dans la cabine numéro 3.*

Perdue !

BEAUVALLON, *de même.*

Pincés !

PINCHOT

Ouvrez-donc ! ou je fais enfoncer la porte.
(Silence. Aux baigneurs) Messieurs, aidez-moi,
nous allons forcer cette porte. *(On force la
porte qui s'ouvre)* Sortez, Madame ; sortez,
Monsieur!

PINCHOT, *ahuri, reconnaissant Zozo.*

Ma femme !.. Zozo !!!
(Rires des cambrioleurs.)

BEAUVALLON, *au public.*

Le commissaire et ma femme ! je suis dans
une fichue situation !

PINCHOT, *hors de lui, à Zozo.*

Vous, madame ! c'est vous ! que je sur-
prends en tête à tête dans cette cabine avec un
vieux cascadeur ! Vous que je croyais la plus
honnête des honnêtes femmes ! Ah ! madame...
tromper un homme tel que moi !
(Rires des cambrioleurs.)

BEAUVALLON, *au public.*

C'est la femme du commissaire ! Ça n'arrive qu'à moi, ces choses-là !

Zozo

O mon Aurélien ! tu me juges bien mal !

PINCHOT, *à sa femme.*

Je vous défends de m'appeler par mon petit nom ! *(Regardant Beauvallon.)* Mais, cet individu est repoussant... Il est repoussant ce vieux céladon !

BEAUVALLON, *protestant.*

Ah ! permettez ! c'est parce que je sors du bain !... *(Rires des cambrioleurs).*

PINCHOT

N'ajoutez pas à vos actes de cyniques paroles. Je suis magistrat et, au nom de la loi, je vous arrête. *(A Zozo.)* Eh ! quoi ? madame, vous aussi, je vous trouve dans le costume de Vénus ?

Zozo

Je vais vous donner tous les détails...

PINCHOT, *à Zozo.*

Inutile, madame !... épargnez-moi les détails ! *(A Beauvallon.)* Vos nom, prénoms et qualités ?

BEAUVALLON

Beauvallon, Auguste, Joseph, Ernest ; né à Enghien-les-Bains *(Seine-et-Oise)* ; profession : marchand de peaux de lapins !

PINCHOT, *écrivant.*

... De peaux de lapins ! Oh ! la misérable ! *(Haut.)* Votre âge ?

BEAUVALLON

48 ans *(A part.)* pour les dames !

Mme BEAUVALLON

Non, monsieur le commissaire, ce bourreau des cœurs est âgé de 56 ans !

PINCHOT, *à Zozo.*

Ainsi, Madame, vous reconnaissez avoir été surprise en flagrant délit, dans une cabine de la plage de Cocotteville, en compagnie de votre complice, le sieur Beauvallon ?

Zozo

Jamais de la vie ! Je proteste !... non, non, non !

BEAUVALLON

Nous protestons !

Zozo

Me soupçonner, moi, ta petite femme ? O Aurélien !

PINCHOT

Vous ne vous trouvez plus, Madame, en présence de votre mari outragé, mais bien devant un magistrat dans l'exercice de ses fonctions !

Zozo

Les apparences sont contre moi... mais je jure, sur votre tête, que je suis innocente.

PINCHOT

Je vous en prie, laissons ma tête tranquille !

Zozo

D'abord, je ne le connais pas, monsieur... Je ne l'ai jamais vu.

BEAUVALLON, *soupirant.*

Hélas !

Zozo

Il est simplement entré dans ma cabine pour constater que les cambrioleurs avaient pris ma toilette de ville.

BEAUVALLON

On nous a tout pris, nous n'avons pas la moindre chemise à nous mettre sur le dos.

Zozo, *à son mari.*

J'arrive directement de Vichy... et si je suis venue à Cocotteville, c'est pour être la première à vous embrasser et féliciter de votre nomination que j'ai apprise hier matin, par journaux, à Vichy. O Aurélien !

PINCHOT, *au public.*

Serait-il possible ?

Zozo

COUPLETS

AIR : *Cett' petit' femme là !*

I

A Cocottevill' c'est comme à Paris,
Dans tous les pays les femm's sont fidèles,
Toutes elles ador'nt leurs petits maris
Dam ! les homm's mariés, sont tous des modèles.
Le matin, le soir, même à chaque instant,
La petite femm', parle de tendresses,
Elle embrasse son mari content,
Lui donne en riant de folles caresses.

Refrain

Qu'ils sont donc gobés, ces p'tits maris-là,
Quand ils sont mignons et gentils comm'ça,
Par leurs petit's femm's ils sont aimés,
Choyés et dorlotés ;
Tout c'que nous faisons, c'est pour leur seul bien.
Ils peuv'nt demander, on n'refus'ra rien
Des petit's caresses et cœtera,
Nous n'demandons qué ça !

II

Vraiment d'êtr' jaloux, ça ne sert à rien
Car toutes les femm's sont intelligentes,
Et, pour vous tromper, messieurs, croyez bien,
Que même les naïves sont encore savantes,
Vivez tranquill'ment, sans souci d'vos fronts,
C'est l'meilleur moyen pour que vos p'tit's femmes
Vous restent fidèles, n'vous fass'nt pas... d'affronts
Et répèt'nt toujours, le cœur plein de flammes :

Refrain
ENSEMBLE GÉNÉRAL

PINCHOT, *au public.*

Elle a raison ! Si les hommes n'étaient
pas si jaloux, ils seraient moins inquiets
et beaucoup plus... contents ! *(A Zozo)* O Zozo,
je t'adore !...

ZOZO

Tu n'aurais pas voulu que je trompe avec
ce vieux débris !

PINCHOT

C'est vrai, si tu m'avais trompé, tu aurais
mieux choisi mon rival ! O Zozo, embrasse-
moi. *(Zozo l'embrasse).*
(Rires des cambrioleurs).

ZOZO

Je voulais te téléphoner de Vichy, mais on
m'a dit que le téléphone ne correspondait
pas avec Cocotteville-sur-mer.

PINCHOT, *à Beauvallon.*

Quant à vous, Monsieur, vous êtes libre ! A
présent, je suis certain que vous êtes un
galant homme, et je me permets de vous ser-
rer la main.
(Rires des cambrioleurs).

BEAUVALLON

Intelligent, comme vous l'êtes, monsieur
le commissaire, vous ferez votre chemin. *(A
sa femme)* O Fanny ? je te jure que le bain est
resté sans effet, mais, d'ici la fin de la saison,
tu en jugeras par toi-même.

Mme BEAUVALLON, *à part.*

Je n'ai même pas la consolation d'avoir été
trompée ! *(Haut)* Vaurien va !

ANDRÉ, *au public.*

Est-elle roublarde, Zozo, est-elle roublarde !

ZOZO, *au public.*

De Vestoncourt est marié ; tant pis. Je res-
terai fidèle à mon mari !... jusqu'à la pro-
chaine occasion !

SCÈNE XV

Tout le monde.

LES BAIGNEUSES, *revenant en courant.*

Au secours ! Au secours !

TOUT LE MONDE

Que se passe-t-il ?

MARCELLE

Des Anglais nous poursuivent... en bra-
quant sur nous...

PINCHOT

Quoi donc ?

RENÉE, *riant.*

Leurs lorgnettes !

PINCHOT

Oh ! alors, ils ne sont pas dangereux !

LIANE

Non, mais ils sont très entreprenants !

RENÉE

Et très accapareurs ?

MARCELLE

Et impossible de nous rhabiller ! Toutes les
cabines ont été dévalisées ; on nous a volé
nos costumes !

PINCHOT

Encore des exploits de cambrioleurs !
Mais, rassurez-vous, je suis le nouveau
commissaire de police, et je ferai arrêter tous
les pick-pockets !

LE LÉZARD ET LA MOUCHE, *au public.*

Nous arrêter ?... plus souvent !... trottons-
nous ! *(Ils se sauvent en courant, à gauche, en
bousculant tout le monde).*

TOUS, *mouvement de surprise.*

Au voleur ! au voleur ! *(Ils remontent).*

PINCHOT

Ce sont des pick-pockets ! Ils emportent ma
redingote et mon chapeau !... Je suis refait !

TOUS

Au voleur ! au voleur !

PINCHOT

Ne criez pas comme ça, ça ferait du tort à
la station balnéaire de Cocotteville ! Je vais

faire prévenir aussitôt les baigneuses afin qu'elles apportent des costumes suffisants pour vous permettre de regagner vos hôtels. Demain, je ferai apposer sur toutes les cabines de Cocotteville : « *Se méfier des pick-pockets* ».

LES ANGLAIS, *qui viennent d'arriver*.

. « *Beware of Pickpockets !* » Yes !

FINAL

AIR : *Ling-à-ling, Refrain*

PINCHOT *et* ZOZO

Chers baigneurs, gardez bien,
Ling-à-ling,
Ce qui vous appartient ;
Car lorsqu'on est au bain,
L' cambrioleur survient.
Il vous guett', le vaurien.

Afin de vous voler
Ling-à-ling
Ling-à-ling
Tout c' que vous possédez !

TOUT LE MONDE

O spectateurs charmants
Ling-à-ling
Revenez très souvent,
Nous somm's toujours très gais,
Comme de vrais Français.
Etes-vous satisfaits ?
Veuillez nous applaudir
Ling-à-ling
Ling-à-ling
Les bravos font plaisir

Reprise générale

RIDEAU

AUTEURS	TITRES DES ŒUVRES	Hommes	Femmes	Prix nets
F. Beauvallet	Faites le jeu, Messieurs d	3	1	loc.
Moreau-Gramet	Famille Nitouche (La)	3	4	loc.
Lebreton-Moreau	Farces du Printemps (Les) d	7	4	loc.
St-Agnan Choler	Faut du prestige (vaud.) d	3	2	loc.
Lebreton-Duroc	Faut que j'casse la g. à Baptiste d	4	3	loc.
Flers	Femina d	troupe	»	loc.
Ch. Gabet	Femme de Valentino (La) d	»		loc.
F. Chaudoir	Fête à Claudine (La)	1	1	4 »
E. Duhem	Fête à M. le Maire (La)	3	2	4 »
Dorfeuil-Bouvet	Fiancé des Nourrices (Le) d	troupe	1	loc.
Javelot	Fiancés berrichons (Les)	1		3 »
Soulié	Fiancés du bonnet de coton (Les)	1	5	5 »
L. Vasseur	Fichue idée d	2	1	5 »
Brigliano-Talber	Fichue situation d	troupe	»	loc.
Liouville	Fièvre phylloxérique (La)	3	2	4 »
Berthe	Fille du charpentier (La)	3	1	5 »
Lebreton-Moreau	Fille du marin (La) d	8	7	loc.
Lebreton-Soudant	Filles de la Cantinière (Les) d	troupe	»	loc.
Lebreton-Moreau	Fils à Papa (Le) d	troupe	»	loc.
Chaulieu et Bataille	Fils de M. Alphonse (Le) (vaud.) d	troupe	»	loc.
Duroc-Maillfait	Five O'Clock de la Baronne	7	2	loc.
Villebichot	Fleuriste et typographe	1	1	5 »
Lebreton-Talber	Foire aux nichons (La) d	7	7	loc.
Pradels-Quinel	Fosse aux ours (La)	troupe	»	loc.
Divers	Françoise les bas bleus d	troupe	»	loc.
Moreau-Soudant	Francs-tireurs de la mort (Les)	troupe		loc.
Lebreton-Beissier	Frangine (La) d	troupe	»	loc.
Divers	Fantrognon d	8	11	loc.
Lebreton-Moreau	Frère de lait (Le)	1	2	4 »
Carin-Tomy	Friper's and Co d	troupe	»	loc.
Lebreton-Moreau	Friquet d	9	7	loc.
Cieutat	Furet (Le)	»	1	4 »
Moreau-Touzé	Gai gai mariez-vous l	4	3	loc.
Moreau-Dorsay	Gaités du bastion (Les)	5	3	loc.
Divers	Gavroche et Loup de mer	1	1	loc.
Froyez-Colias	Grand Duc Moleskine (Le) d	6	6	loc.
Lefort	Grand papa de la chanson (Le) d	1	1	3 »
Lebreton-Blairat	Grenouille (La) d	4	2	loc.
Moreau-Marcus	Grève des facteurs (La)	2	2	loc.
M.-Brisac	Guerre aux hommes (La) d	6	7	loc.
Lebreton-Nicolaï	Gueule d'Or d	6	6	loc.
Lebreton-Moreau	Héritière de Carapattas (L') d	8	8	loc.
Villebichot	Hirondelles de la rue (Les)	»	2	3 »
Lebreton-Blairat	Homme pâle (L') d	4	2	loc.
Lebreton-Duroc	Hôtel d'Artistes d	troupe	»	loc.
Lebreton-Duroc	Hôtel de Noblepanne d	4	4	loc.
Darantière et Bouvet	Hôtel du lac bleu (L') d	7	6	loc.
Dourel-Jost	Hôtel modèle d	7	7	loc.
Antigeon-Dourel	Hypnotiseur malgré lui (L') d	3	2	loc.
Moniot	Jacotte	1	1	5 »
Liger-Aubrun	J'ai perdu Virginie	3	1	loc.
Nargeot	Jeanne, Jeannette et Jeanneton d	2	3	8 »
Michiels	Jefque et Trinne	1	1	4 »
Lebreton-Soudan	J'épouse ma bonne d	5	4	loc.
A. Perronnet	Je reviens de Compiègne	»	1	4 »
Bernicat	Jeunesse de Béranger (La)	3	1	6 »
Lebreton-Moreau	Jocrisses du mariage (Les) d	troupe	»	loc.
B. Lebreton	Joies du divorce (Les) d	troupe	7	loc.
L. Collin	Journée aux soufflets (La)	1	1	4 »
Fransois-Derys	Jules d			loc.
Herpin	Ki-Ki-Ri-Ki d	troupe	»	loc.
Soudant	Lâchée	5	1	loc.
Robillard	La vengeance de Ramoli	2	1	4 »
Desormes	Leçon de musique (La)	1	1	4 »
J. Clérice	Léda d	troupe	»	loc.
Cazaneuve	Loi du pal (La) d	troupe	»	5 »
Herpin	Lune de Miel (La) d	4	1	loc.
Moreau-Gramet	Ma Colonelle	2	2	loc.
Clairville fils	Madame la baronne d	1	1	4 »
Wachs	Madame le docteur	2	1	4 »
V. Roger	Mademoiselle Louloute	2	2	5 »
Bessière-Marinier	Maire et Martyr d	3	2	loc.
Talexy	Maître Grelot	3	2	7 »
Bouvet	Major Purjotin (Le)	4	3	loc.
Moyne-Jacontot	Mamzelle Claudinette d	3	2	loc.
T'ar Nemw Celval	Mamzelle Culot	troupe	»	loc.
De Lajarte	Mam'zelle Pénélope d	3	1	7 »
Fransois	Mandat (Le) d	troupe	»	lo
Joubaud	Mariages riches	1	1	3 »
Moniot	Marianne et Jeannot d	1	2	8 »
Tollet	Marié sans l'être	4	»	3 »
Moreau-Duroc	Maris jaloux (Les)	5	2	lo
Simiot	Mariés de Nanterre (Les)	1	2	4 »
Gresset-Bernard	Méfiez-vous d'Oscar d	2	2	loc.
E. André	Molon (Le) (monologue saynète)	1	»	2 »
Moreau	Ménage Poire	troupe	»	loc.
Desormes	Menu de Georgette (Le)	3	2	8 »
Ch. Gabet	Mérite des femmes (Le) d	4	4	loc.

AUTEURS	TITRES DES ŒUVRES	Hommes	Femmes	Prix nets
Moreau-Boucherat	Médjidié (Le)	2	2	loc.
Soudant	Mimi Vadrouille	troupe	»	loc.
Lebreton-Moreau	Miss Kissmy d	5	5	loc.
Beissier	Miss Million d	troupe	»	loc.
Bessier-Moreau	Môme aux Camélias (La) d	troupe	»	loc.
Bessière-Ruffier	Môme aux grands yeux (La) d	8	6	loc.
Chassaigne	Monsieur Auguste d	1	1	3 »
Garnier-Vallès	Monsieur ma belle mère	2	3	loc.
Lebreton-Moreau	Monsieur Sans Gêne d	troupe	»	loc.
Blairat-Neuzillet	Mouche (La) d	troupe	»	loc.
Moreau-Touzé	Mouche du Coche (La)	4	2	loc.
Ioly	Myope et presbyte d	1	1	4 »
Desormes	Nègre de la Porte St-Denis (Le)	3	3	3 »
E. Lhuillier	Nez enchanté (Le)	1	1	3 »
Lebreton-Blairat	Ninie la Rouquine	5	3	loc.
Dorfeuil-Moreau	Le Nez de Cyrano d	troupe	»	loc.
Herpin	Noce à Grospoulot (La)	5	7	loc.
F. Barbier	Noce à Suzon (La)	1	1	4 »
L. Collin	Noces d'or (Les)	2	1	5 »
Bouvet-Durantière	Nos bons touristes	5	4	loc.
Moreau-Gramet	Nos petites Chattes	3	5	loc.
Dorfeuil-Guillemand-Duharnois	Nos pioupious d	troupe	»	loc.
Lebreton-Moreau	Nos voisins d	6	6	loc.
V. Roger	Nourrice de Montfermeil (La)	2	3	6 »
Ch. Gabet	Nouvel Achille (Le) (vaud.) d	3	1	loc.
Touzé Prud'homme	Nuit de Noces de Beauflanchet	6	1	loc.
Jacobi	Nuit du 15 octobre (La) d	3	4	6 »
Dédé fils	Oncle et Neveu	3	»	3 »
Louis Bouvet	Oncle Maboulin (L')	4	4	loc.
Bessière-Ruffier	Ordonnance Bezuchet (L') d	troupe		loc.
Berthelot Roland	Othello chez Thaïs d	3	5	loc.
Dufils	Paille et la Poutre (La)	»	2	6 »
Billemont	Pantalon de Casimir (Le)	1	1	6 »
A. Petit	Par autorité de Justice d	5	3	loc.
Dorfeuil-Moreau-Dédé	Paris aux Courses d	8	8	loc.
F. Barbier	Par la fenêtre	1	1	4 »
J. Walter	Par la Gymnastique d	2	1	loc.
Henry Moreau	Partie de Campagne d	troupe	»	loc.
Ed. Lhuillier	Pasquinette	1	1	3 »
Bénédite-Jaucourt	Le pays Vierge d	troupe	»	loc.
Moreau-Darsay	Pension Carabin			loc.
Offenbach-Recqees	Péri-Colle (Parodie de Périchole)	2	1	2 50
Perrault-Maty	Perruche de ma femme (La) d	4	3	loc.
Tréblat-St-Cyr	Personne (drame en 5 minutes)	2	1	1 »
L. Collin	Petit Spahi (Le)	3	3	5 »
Lebreton-Moreau	Petite baronne (La) d	troupe	»	loc.
Linas	P'tite bête vit encore (La) d	1	1	4 »
Lebreton-Moreau	Petite colonelle (La) d	8	3	loc.
id.	Petites Menichons (Les) d	troupe	»	loc.
A. Petit	Petits Japins (Les) d	troupe	»	loc.
Maurey et Jimbu	Petits Trottins (Les) d	5	6	loc.
Lebreton-Moreau	Petits Zouzous (Les)	troupe		loc.
J. Clérice	Phrynette d	troupe	»	loc.
A. Alavoine	Plumechat et Cie d	4	6	loc.
F. Barbier	Points jaunes (Les)	1	1	5 »
Desfossez-Picolini	Pommes d'amour (Les)	4	1	loc.
Cinoh-Verdellet	Pompier d'Endoume (Le)	5	2	loc.
Gresset-Bernard-Letorey	Pompier d'Ernestine (Le) d	2	2	loc.
Autigeon-Dourel	Poste restante 222 d	4	3	loc.
F. Barbier	Poupée automate (La)	1	1	4 »
Fay	Pour qui le gosse ?	2	3	loc.
A. Lambert	Première brouille (La) comédie	»	1	1 »
Couturet	Premières amours d	4	1	loc.
F. Barbier	Premières armes de Parny (Les)	1	3	5 »
Moreau	Professeur de chant (Le)	1	1	3 »
De Ste-Croix	Pygmalion d	1	2	6 »
Garnier-Héros	Queue du Diable (La) d	troupe	»	loc.
Delilia-Héros	Qui va à la Chasse	2	2	loc.
L. Collin	Qui se dispute s'adore	troupe		loc.
Ch. Lecocq	Rajah de Mysore d	1	1	4 »
Villebichot	Réponse du Berger (La)	1	1	4 »
Jacoutot	Retour de Kerdrec (Le)	troupe	»	4
Meugé	Retour de Margotte (Le)	1	1	4 »
Roques	Retour de Mars (Le)	1	2	4 »
L. Collin	Retour de Musette (Le)	1	1	4 »
Autigeon-Dourel	Revanche de Verluisant (La) d	5	2	loc.
Autigeon-Bourel-Roudet	Revenants (Les)	3	3	loc.
Ch. Thony	Robes et Manteaux d	5	3	loc.
F. Chaudoir	Roi Claquette (Le) d	3	3	6 »
Briollet-Yvel	Roi koku (Le) d	troupe	»	loc.
Desormes	Roland furieux	3	1	5 »
L. Desormes	Romance impossible (La)	2	»	2 »
Ch. Gabet	Rosière de Valentino (La) d	3	1	loc.
Michiels	Rosière d'Interlaken (La)	1	1	4 »
Ch. Gabet	Ruy Black (v) d	troupe	»	loc.
Clements	Saint-Yvon (La) d	2	1	5

Livrets d'opéras et opéras-comiques, net : 2 fr. — Livrets d'opérettes, net : 1 franc.
Pour la location de l'orchestre ou l'abonnement, s'adresser à l'Editeur

AUTEURS	TITRES DES ŒUVRES	Hommes	Femmes	Prix net
Ch. Lecocq	Sauvons la caisse d	1	1	6 »
Marat-Febvre-Bonamy	Septième Escouade (La) d	9	7	loc.
R. Planquette	Serment de Mme Grégoire (Le)	1	1	8 »
Lebreton-Soudan	Serment du marin (Le) d	4	2	loc.
Lebreton-Moreau	Signe de Léda (Le) d	troupe	»	loc.
Ouvier	Simone et Boquillon	2	1	5 »
Lebreton-Duroc	Soir de Noce d	4	4	5 »
Mailfait	Soirée bourgeoise	2	2	loc.
Leserre	Soirée d'amateurs . . . pochade	5	»	1 »
Lebreton-Moreau	Soldat !	troupe	»	loc.
Gresset	Souffleur par amour d	3	1	loc.
Meyan	Soupirs du cœur	2	3	5
Ch. Malo	Souviens-toi de Clémentine	2	1	
Moreau-Darsay	Spiritisme des Familles	4	4	
Tac-Coen	Suzette, Suzanne et Suzon	1	3	loc.
Wachs	Tata chez Toto	2	1	4 »
Lempereur et Pimard	Témoin (Le)	3	1	loc.
Lambert-Lebreton	Terre-Neuve d	3	5	4 »
Marc Sonal	Théophile	2	1	loc.
Chassaigne	Toc	2	2	loc.
Hervé	Toinette et son carabinier	2	1	5 »
Bessier-de Gorsse	Tonton d	3	3	6 »
Wachs	Totor et Titine	2	1	loc.
Hubans	Tour de Moulinet (Le) d	2	1	4 »
Cartier	Train des Maris (Le)	2	1	8 »
Moreau-Duroc	Tranquil'hôtel	5	4	4 »
Moreau-Darsay	Trente mille francs par an	2	2	loc.
Ch. Gabet	Trésor des Dames d	troupe	»	loc.
Lebreton-Moreau	Treize jours d'un Parisien (Les) d	troupe	»	loc.
id.	Treizième spahis (Le) d	troupe	»	loc.
id.	Trio de troupiers d	troupe	»	loc.
Lebreton Téramond	Trois Gosses (Les)	4	4	loc.
Lebreton-Moreau	Trois Maçons (Les) d	4	2	loc.
Lambert-Lebreton	Truc du Pharmacien (Le)	4	1	loc.
L. David	Tu l'as voulu d	3	1	5 »
Héros Jost	Tziganie dans les Ménages (La) d	troupe	»	loc.
Javelot	Un amour d'épicier	2	1	4 »
Cardet-Launoy	Un bon ami			loc.
P. Henrion	Un charcutier dans les fers	1	1	4 »
Chassaigne	Un Coq en jupons	1	1	4 »
Banès	Un do malade	2	1	5 »
Wachs	Un domestique pour rire	1	1	4 »
Moreau-Gramet	Un dragon pour deux	3	2	1 »
G. Laurens	Un futur sur le gril	2	1	4 »
Ch. Malo	Un gendre à poigne	2	2	5 »
Pericaud	Un hercule qui ne veut pas se rouiller	2	1	4 »
Cambillard	Un mariage à la force du poignet	1	1	3 »
Ch. Malo	Un mariage au flageolet	1	1	4 »
Dauphin	Un mariage en Chine d	4	1	6 »
Bernicat	Un mari à l'essai	1	1	4 »
Pericaud	Un mari en grande vitesse	3	1	4 »
L. Collin	Un mauvais conscrit	2	»	4 »
Chassaigne	Un 1er jour de ménage	1	1	4 »
F. Barbier	Un souper chez Mlle Contat	»	2	5 »
Bernicat	Une aventure de la Clairon	2	2	6 »
Lebreton-Blairat	Une Consultation d	4	3	loc.
Garnier-Vallès	Une Corbeille de Noce	5	3	loc.
E. André	Une drôle de Marquise	2	1	3 »
Claments	Une étoile d'antichambre d	2	1	5 »
Touhaud	Une femme du quart du monde	2	»	4 »
Villebichot	Une femme qui bégaie d	3	»	6 »
L. Roques	Une femme tombée du Ciel	1	1	5 »
Villebichot	Une fille à trucs	3	1	4 »
Liouville	Une fille en loterie	2	»	4 »
Touzé-Monjardin	Une intrigue chez les Mouchamiel	2	»	loc.
Desormes	Une lune de miel normande	1	1	4 »
L. Collin	Une mariée sans mari	1	»	4 »
Ed. Lhuillier	Une marine à vapeur	1	8	3 »
Desormes	Une mauvaise connaissance	3	»	5 »
Moreau-Darsay	Une mauvaise nuit	2	2	loc.
Ch. Gabet	Une nourrice sur lieu d	2	4	loc.
Moreau-Dorfeuil	Une nuit de Paris d	troupe	8	loc.
Duhem	Une partie à Robinson	2	»	4 »
Wachs	Une pleine eau à Chatou	2	»	4 »
Bernicat	Une poule mouillée	1	1	4 »
De Paniagua	Une sale Histoire d	2	2	loc.
Chassaigne	Une table de café	2	»	4 »
Robillard	Une tempête conjugale	1	»	4 »
Liger-Aubrun	Urticaire (L')	4	1	loc.
R. Planquette	Valet de cœur	1	1	4 »
J. Walter	Végétariens (Les) d	troupe	1	loc.
Robillard	Vengeance de Ramolli (La)	2	2	4 »
L. Roques	Vénus infidèle (Retour de mars) d	1	2	4 »
Moreau-Boucherat	Vert galant	6	1	loc.
Lebreton-Moreau	Vierges du chahut (Les) d	troupe	1	loc.
Autigeon	Vie de garçon (La) d			loc.
Desgranges	Vieux Sorcier d	3	3	loc.
Burani-Planquette	Vingt-huit jours de Champignolette d	6	1	loc.
Vallès-Talber	Vingt jours de Gorenflot (Les)			loc.
Ratcée-Corbeau	Vive la Classe d	7	8	loc.
Norman-Vallès	Vive les Bleus	7	4	loc.
Chaudoir	Voilettes magiques (Les)	1	1	5 »
Lebreton-Moreau	Vocation d'Isoline (La)	1	2	loc.
Jacobi	Voilà l'plaisir, mesdames	2	2	4 »
Ch. Hubans	Voiture à vendre d	2	4	loc.
Lebreton-Moreau	Volontaire de 92 (Le) d	troupe	4	loc.
Tac-Coen	Volontaire et vivandière	1	2	1 »
P. Talber	Volupté des dames (La)	4	3	loc.
Guy-Nory-Maria	Zidore			loc.

Livrets d'opérettes et de vaudevilles, net : 1 franc.

Pour la location de l'orchestre ou l'abonnement, s'adresser à l'Éditeur.

POUR LES GRANDS OUVRAGES DU RÉPERTOIRE

CONSULTER LE CATALOGUE SPÉCIAL DES

OUVRAGES DE THÉATRE

QUI EST ENVOYÉ FRANCO SUR DEMANDE

MM les Directeurs sont priés de s'adresser à l'Éditeur pour le conducteur et les parties d'orchestre ainsi que pour le service des pièces nouvelles.

Des envois de livrets à choisir sont faits sur demande en port dû aller et retour.

Vannes. — Imp. Lafolye. — 901-1900.